THE OBSCURE SIDE OF THE NIGHT

EL LADO OCULTO DE LA NOCHE

NORBERTO LUIS ROMERO

The
OBSCURE SIDE
of the
NIGHT

El lado oculto de la noche

TRANSLATED FROM THE SPANISH
BY H.E. FRANCIS

OTIS BOOKS | SEISMICITY EDITIONS

The Graduate Writing program
Otis College of Art and Design
LOS ANGELES ● 2015

Book design and typesetting: Rebecca Chamlee

ISBN-13: 978-0-9860173-8-4

OTIS BOOKS | SEISMICITY EDITIONS
The Graduate Writing program
Otis College of Art and Design
9045 Lincoln Boulevard
Los Angeles, CA 90045

http://www.otis.edu/graduate-writing/seismicity-editions
seismicity@otis.edu

*Beyond the incomprehensible darkness
something even more terrible awaits us.*

—LI-PO

Con frecuencia oí conversaciones que quedaban truncas en cuanto me acercaba a los interlocutores.

Pude descubrir que hablaban de mí.

De inmediato callaron.

Intuí algo abyecto en esas charlas. Únicamente capté palabras sueltas; palabras misteriosas del lenguaje de los mayores, pero igual me di cuenta de todo.

Ellos creen que ignoro lo que le pasó a mi madre. Nunca se puede tener guardado un secreto durante mucho tiempo. Se sabe. Se sabe.

Para que exista un secreto, por lo menos tiene que conocerlo una persona, si nadie lo sabe, deja de ser un secreto y no es nada de nada.

Yo lo sabía todo.

Tarde o temprano los bastardos nos enteramos de nuestra condición. Tontamente los padres nos lo ocultan creyendo estar haciéndonos un bien.

Soy, además de bastardo, distinto.

Mi caso es parecido a otros.

Mi caso es como el de muchos otros recogidos y custodiados en un nido impropio en un lugar oculto.

Mi lugar estaría junto al hombre gordo.

Esta misma condición que tratan de ocultarme cuando guardan silencio o mienten, es justamente la que me produce esa intuición; la certeza de que mi madre fue violada por un guante negro.

A pesar de que los guantes negros no fecundan, heredé cualidades que sólo ellos tienen. No lo dudo. Lo sé.

Mi padre fue un hombre común y corriente que murió en la guerra, todos lo saben. También que los guantes negros son estériles, pero dejaron en mí parte de su estéril simiente que se unió a la de mi padre haciéndose fecunda.

Ellos eyacularon terror y preñaron a mi madre de miedos e inquietudes.

Frequently I heard conversations which were cut off when I approached the speakers.

I discovered they were talking about me.

At once they grew silent.

I sensed something abject in those chats. I caught only isolated words, mysterious words from the language of adults, yet I understood everything.

They believe I do not know what happened to my mother. Never can a secret be kept for long. You know. You know.

For a secret to exist, at least one person has to know it; if nobody knows it, it ceases to be a secret and it is nothing at all.

I knew everything.

Sooner or later we bastards find out about our situation. Foolishly our parents hide it from us, believing they're doing us good.

I am, besides being a bastard, different.

My case is like others'.

My case is like that of many others secluded and guarded in an unfit den in a hidden place.

My place would be beside the fat man.

This very condition which they try to hide from me when they are silent or lie is exactly what gives me that feeling, the certainty that my mother was violated by a black glove.

Despite the fact that black gloves do not breed, I inherited qualities which only they possess. I do not doubt. I know.

My father was an ordinary man who died in the war. Everybody knows that. Also, black gloves are sterile, but they left part of their sterile semen which fused with my father's, making it fecund.

They ejaculated terror and impregnated my mother with fears and anxieties.

Heredé sus genes. Los genes de aquel guante negro se mantuvieron latentes en el vientre de mi madre, hasta que los espermatozoides de mi padre, que murió en la guerra, los arrastraron en su vertiginoso camino.

Mi madre fue el terreno propicio para sus semillas. Y éstas aguardaron pacientemente hasta que mi madre se unió a mi padre, tiempo después.

Y él creyó que yo era suyo, fruto de su simiente.

Su simiente nunca llegó a destino, fue interceptada por la simiente del guante negro.

Yo soy esa semilla.

Yo soy el guante negro que violó a mi madre mientras cazaba pajaritos con la ayuda de un guante salvaje.

I inherited his genes. The genes of that black glove were maintained latent in my mother's womb until the spermatozoa of my father, who died in the war, carried them along their vertiginous way.

My mother was the propitious ground for his seeds. And these waited patiently until my mother was joined to my father, sometime after.

And he believed I was his, fruit of his semen.

His semen never reached its destiny; it was intercepted by the black glove's semen.

I am that seed.

I am the black glove which violated my mother as she was hunting little birds with the help of a wild glove.

Soy normal; todos lo afirman.

Se lo dicen incluso a mi madre y a mi abuela, en mi propia cara.

Cuando hay tanta necesidad de afirmarlo, cuando insisten tanto en ello y tratan de convencer, es evidente.

Se trata de lo contrario.

El esquema se invierte.

Soy diferente al resto por muchas razones:

Primero, porque tengo conciencia de ello.

Segundo, me comporto de distinta forma que el resto. Mi conducta se asemeja más a la de los guantes.

Además, adoro la oscuridad.

Desde mi infancia, cuando los demás niños comenzaban a juntar objetos con avidez, yo los desdeñaba y prefería juntar los más redondos.

Mostraba la tendencia a la esfera. Tendencia que es común en nosotros, los hijos de guantes.

Mi colección de objetos redondos y circulares se fue perfeccionando hacia la esfera, y fui descartando y regalando aquellos objetos que no me eran de utilidad.

Los que no eran redondos.

La costumbre de regalar me delató. Mi condición de bastardo quedó al descubierto.

No me importa mucho. Me importa por mi madre.

Regalar está considerado absurdo. Cuando ella, mi madre, se enteró, se sintió avergonzada, se ruborizó. Trató de justificarse ante los demás y corrió detrás mío a trocar lo que yo había dado, exigiendo otros objetos a cambio.

Dijo a los demás que yo era un poco rebelde. O dijo que era distraído. No recuerdo. De todos modos, no reveló mi condición.

Todavía hoy le cuesta reconocer que soy hijo de un guante negro. No quiere recordar aquello. Prefiere ignorar lo pasado.

Mi abuela, la madre de mi padre que no fue mi padre, nunca lo olvida.

I am normal. Everybody says so.

They say it, even to my mother and father, right to my face.

When there is such necessity to say it, when they insist so much on it and try to convince, it is evident.

It concerns the opposite.

The scheme is inverted.

I am different from the rest for many reasons:

First, because I am conscious of it.

Second, I behave in a different way from the rest. My conduct is more like the gloves'.

Besides, I adore the dark.

Since my infancy, when the other children were beginning to collect objects avidly, I scorned them and preferred to gather the roundest ones.

I showed a tendency for the sphere. A tendency which is common to us, the gloves' sons.

My collection of round and circular objects was gradually approaching the perfection of the sphere, and I discarded and gave away those objects which were of no use to me.

My habit of giving gave me away. My condition as bastard was discovered.

It did not bother me much. It bothered me for my mother.

Giving is considered absurd. When she, my mother, found out, she felt ashamed. She tried to justify herself before the others and ran after me to exchange what I had given, demanding objects in exchange.

She told the others I was somewhat rebellious. Or she said I was distracted. I do not remember. In any case, she did not reveal my condition.

Today it still taxes her to recognize that I am the son of a black glove. She does not want to remember that. She prefers to ignore what happened.

My grandmother, the mother of my father who was not my father, never forgets it.

Mi madre todavía sufre. Ella se lo recuerda cuando se le presenta la ocasión.

Rememorar aquella tarde le duele. Por eso no quiere acordarse de nada. Pero yo lo sé porque quedó grabado en la memoria que heredé de mi padre.

Lo que pasó aquella tarde, cuando ella atrapaba pájaros con la ayuda del guante salvaje, llegó a mí por el gen de la memoria y por la visión que las esferas me permiten de los registros del hombre gordo. Yo lo sé y mi padre; si aún no se ha secado.

La memoria de los guantes es pequeña: lo cotidiano, lo baladí, lo innecesario. También lo grato para ellos: el dolor ajeno.

También tengo los genes del dolor y del miedo.

My mother still suffers. She remembers it.

Recalling that afternoon pains her. For that reason she wants to remember nothing. But I know it because it is engraved in the memory I inherited from my father.

What happened that afternoon when she was trapping birds with the wild glove's help came to me through the memory gene and through the vision of the fat man's registers which the spheres allow me to see. I know it and know my father, if he still has not dried up.

The gloves' memory is small: the everyday, the trivial, the unnecessary. Also what pleases them: the others' pain.

I also have the pain gene and the fear gene.

Camina erguido!

Me grita siempre mi abuela. Ella es la madre de mi falso padre.

No tengo otra abuela, ni abuelo.

Mi padre murió en la guerra de las fosas lineales, arañado por un gato, pero no era mi padre, tan sólo el instrumento de mi concepción.

Mi verdadero padre es un guante que ya debe de estar seco.

Cuando mi abuela me ordena que camine erguido, le contesto que sí, me pongo recto, pero oculto la desgana que me produce hacerlo. Me es más cómodo, diría, más natural, caminar un poco así, desgarbado, como rozando el suelo con las manos.

Cuando nadie me ve me arrastro por los suelos.

Esto me produce mucho placer. Arrastrarme con las manos, sin ayuda de las piernas, dejándolas muertas.

Así caminan ellos.

Hago muchas otras cosas a escondidas. Cosas que nadie sabe ni siquiera imagina.

Veo, gracias a mis esferas, los registros y anales, también todo lo que ocurre en la casa del hombre gordo.

Cuando no me ven saco de mi escondrijo las esferas transparentes, que son mis preferidas. Las más hermosas.

Son puras y perfectas. Además tienen la utilidad que los demás objetos no poseen: la belleza.

La belleza me produce un placer que los demás ignoran y desconocen. Mejor dicho: los otros no ven la belleza que yo veo en las esferas transparentes, sino en los objetos inútiles que coleccionan ávidamente para exponer en la Gran Feria.

Ni siquiera me interesa participar en ella. Primero, porque las esferas como tales no tienen para ellos el menor atractivo ni valor. Segundo, porque las esferas están excluidas de concurso, salvo que pasen por otra cosa.

No me interesa el premio, de todas formas.

3

Walk straight!

My grandmother always shouts at me.

She is my false father's mother.

I have no other grandmother, or grandfather.

My father died in the war of the linear graves, scratched by a cat, but he was not my father, only the instrument of my conception.

My real father is a glove which must now be dry.

When my grandmother orders me to walk straight, I say yes, I stand up straight, but I hide the reluctance with which I do it. It is more comfortable, I'd say, more natural, to walk a little this way, awkward, as if my hands were scraping the ground.

When nobody is looking, I drag myself over the floors.

This gives me great pleasure. Dragging myself with my hands without the help of my legs, making them dead weight.

That's how they walk.

I do lots of other things stealthily.

I see, thanks to my spheres, the registers and the annals, besides everything that happens in the fat man's house.

When they don't see me, from my hiding place I take the transparent spheres, which are my preferred ones.

They are clear and perfect. Besides, they have what the others do not possess: beauty.

Beauty gives me a pleasure which the others ignore and do not know. Rather: the others do not see the beauty I see in the transparent spheres but in useless objects which they avidly collect to exhibit in the Great Fair.

I am not even interested in participating in it. First, because the spheres as such have not the least attraction or value for them. Second, because the spheres are excluded from competition unless they pass for something else.

Anyway, the prize does not interest me.

En la Gran Feria del año pasado mi madre expuso su colección de clavos y tornillos oxidados.

Estaba orgullosa. Sonreía.

Entre las mejores piezas, destacaba un paraguas.

Señal que no puede discernir entre un clavo y un paraguas, aunque se parezcan por su forma afinada, turgente.

Nadie lo percibió. Yo sí.

Además, no era el suyo el único caso: alguien expuso una maceta entre el resto de las piezas de una colección de cosas cuyo nombre empiezan con "J". Maceta no empieza con jota. Nadie sabe bien esto.

En realidad, la Gran Feria, el año pasado fue un verdadero desastre.

El orden siempre es aparente y engañoso. No obstante, la Gran Feria fue un éxito de público. Se dieron muchos premios. Mi madre no ganó ninguno y se fue a casa llorando.

Yo sabía el final: como siempre, el primer premio fue para el hombre gordo.

La tradición es así: siempre gana él. El primer premio consiste en ganar el primer premio de la siguiente Feria.

Supe que él lo ganaría. Los demás no se habían percatado de nada. Como siempre les pasa, se entusiasmaron antes de que el jurado tuviera el veredicto.

Vivieron ilusionados, volcados en sus colecciones, durante un año de preparación. Cuando oyeron el veredicto lloraron una vez más.

Ellos son así.

El hombre gordo siempre gana, con su séquito de guantes.

Sonreía y saludaba al público.

4

At last year's Grand Fair, my mother exhibited her collection of rusty nails and screws.

She was proud. She smiled.

Among the finest pieces an umbrella was the highlight.

A sign that one cannot distinguish between a nail and an umbrella, although their prominent, sharp forms are similar.

Nobody perceived it. But I did.

Besides, that was not the only case: someone exhibited a flowerpot among the other pieces from a collection of things with names beginning with J. Nobody was at all aware of this.

Really, last year the Grand Fair was a real disaster.

Order is always evident and deceptive. However, the Grand Fair was a public success. Many prizes were given. My mother won none and went home crying.

I knew how it would end: as always the first prize went to the fat man.

That is tradition: he always wins. The first prize consists of winning the first prize at the next fair.

I knew he would win it. The rest were aware of nothing. They were excited as they always are before the judges announce the winner.

They lived filled with hope, for a year caught up in preparing their collections. When they heard the announcement, they cried again.

That's the way they are.

The fat man always wins, with his retinue of gloves.

He smiled and waved to the public.

V

Acaso decido irme este año.

Muchos amigos lo han hecho ya. Aquí superamos el número establecido.

Todavía no han llegado los guantes negros, los guantes guardianes tan temidos por todos.

Yo no les temo. Mi padre fue uno de ellos.

Heredé de él el desamor.

No tardarán en llegar y sembrar la inquietud o el miedo entre la gente. Entre las mujeres sobre todo.

Irán de casa en casa, donde saben que están sus hijos, anunciándoles que deben partir. Y ellas, madres violadas, volverán a sentir el miedo en sus carnes.

Nosotros, en cambio, no les tememos: llevamos parte de sus genes.

Tengo la certeza de que en otro lugar va a ser todo lo mismo. Siempre será igual. Acciones repetidas a lo largo de nuestras vidas de coleccionistas.

(Hay algo arbitrario que no encaja ni logro discernir).

Pero en otro lugar tenemos la esperanza de comenzar de nuevo. Es como las promesas en los cumpleaños, donde juramos en vano renovarnos.

Giramos en círculos.

Un círculo no difiere en nada de otros círculos.

La línea recta es una falacia inventada por el hombre gordo y otros, y por sus esbirros.

Pero incluso él mismo lo ignora.

A él le sucederán otros hombres gordos.

5

Perhaps I'll decide to leave this year.

Many friends have already done it. Here we have passed the established number.

The black gloves still have not arrived, the guard gloves so feared by everybody.

I am not afraid of them. My father was one of them.

I inherited my aversion from him.

They will soon be here and sew anxiety and fear among the people. Especially among the women.

They will go from house to house, where they know their children are, announcing that they must leave. And they, violated women, will once again feel fear in their flesh.

We, on the other hand, are not afraid of them: we carry some of their genes.

I am certain that in another place everything will be the same. It will always be the same. Actions repeated all our lives as collectors.

(There is something arbitrary which does not fit and which I do not discern.)

But in another place we will have hope of beginning again. It is like promises at birthdays, where we swear in vain to renew ourselves.

We go round in circles.

One circle differs in no way from other circles.

The straight line is a fallacy invented by the fat man and others, and by his minions.

Even he walks in circles, carried in the air by his contemptuous gloves.

But even he himself does not know it.

Him other fat men will succeed.

Superar los mis quinientos cincuenta y siete bastardos por ciudad está prohibido.

Aquél que rebase dicha cantidad deberá encabezar la marcha del éxodo, seguido por aquellos otros bastardos que quieran acompañarlo voluntariamente, o bien que deban irse también por superar dicho número.

Anuncié a mi madre mis deseos de marcharme el próximo año y se echó a llorar.

También me reprochó haberle robado objetos de su propiedad.

Estaba furiosa y perdió el control: me recriminó comparándome con mi padre. El verdadero: el guante negro que la violó aquella tarde.

También me reprochó la muerte de mi padre. Del otro, el que fue vehículo de los genes del guante negro. Dijo que él había ido a la guerra por mi culpa, que había preferido abandonarla para no tener que verme.

No recuerdo a mi padre, el que fue a la guerra de las fosas. Dicen que no tenía miedo, que era valiente.

Ignoro si mi presencia supera los mil quinientos cincuenta y siete bastardos, pero de todas formas me iré, si antes no tengo que ir a la guerra de las fosas.

6

To surpass 1557 bastards to a city is prohibited.

He who exceeds that number will head the exodus, followed by those other bastards who wish to accompany him or must also go because surpassing the fixed figure.

I told my mother I desired to leave next year and she began to cry.

She also reproached me for having stolen objects from her possessions.

She was furious and lost control, reprimanding me and comparing me to my father. My real one: the black glove which violated her that afternoon.

She also reproached me for my father's luck. The other, the one who was the vehicle of the black glove's genes. She said it was my fault that he had gone to war, that he had preferred to abandon her so as not to see me.

I do not remember my father, him who went to the war of the graves. But they say he was not afraid.

I do not know if my presence surpasses the 1557 bastards, but I shall go anyway if I do not have to go to the war of the graves first.

Pobre madre.

Todavía conserva el dolor de la violación.

Pajarito. Pajarito.

El guante tímido, gris.

El guante domesticado con caricias aguarda a que el ave se le acerque.

Pajarito, pajarito, llama mi madre.

Mi madre sostiene la correa que sujeta al guante gris.

ZAS.

El ave se debate entre los dedos grises. Los dedos grises no aprietan demasiado, conmovidos por el cuerpo caliente del pájaro. El guante siente el corazón exaltado del ave y afloja los dedos.

El guante nota la tibieza del ave y los latidos de su corazón y se conmueve, se siente invadido por una enorme laxitud, una gran ternura despierta entre sus dedos y acaricia al pájaro...

Pajarito, pajarito. Te he atrapado. Ella canturrea.

La correa tensa mantiene al guante con el ave empuñada.

El guante, conmovido por el calor del pájaro, se resiste a los tirones que mi madre da a la cuerda que lo sujeta.

Mi madre da un tirón brusco; el guante pierde firmeza y es arrastrado. Pero se niega a soltar al pajarillo.

El guante siente el calor del pecho del ave en sus dedos y en la palma. Suda.

Mi madre tiene que forzar al guante para que suelte al pajarito.

Los guantes negros, esbirros del hombre gordo, lo miran todo. No tienen emociones.

Yo heredé sus genes. Mi padre, vehículo genético, murió en la guerra de las fosas.

Lo mató un gato con las uñas envenenadas.

Pobre madre. Sola.

7

Poor mother.

She still clings to the pain of that rape.

Little bird. Little bird.

The timid, gray glove.

The domestic glove with caresses watched the bird approach her.

Little bird, little bird, my mother calls.

My mother takes the leash which the gray glove holds.

Zaz.

The bird struggles between the gray fingers. The gray fingers do not squeeze hard, pitying the bird's hot body. The glove feels the bird's excited heart and loosens its fingers.

The glove feels the bird's heat and its heartbeats; a great tenderness is roused in the fingers and it caresses the bird…

Little bird, little bird. I've trapped you. He is chanting.

The glove holds the cord tense with the clutched bird.

The glove, moved by the bird's heat, resists the jerks which my mother gives on the cord which subjects her.

My mother gives a brusque jerk, the glove loses hold and is dragged. But it refuses to release the little bird.

The glove feels the heat of the bird's breast in its fingers and its palm. It is sweating.

My mother must force the glove to release the little bird.

The black gloves, the fat man's minions, are watching it all. They have no emotions.

I have inherited their genes. My father, genetic vehicle, died in the war of the graves.

A cat with poisoned claws killed him.

Poor mother. Alone.

Mi guante gris y yo acechando a los pájaros.

Mi guante que se niega a darme el pajarito palpitante que hemos cazado.

Otros guantes, detrás nuestro, ocultos, feroces, negros y ensortijados.

Abro los dedos de mi guante gris y saco el ave asustada.

Me mira. Tiene miedo.

Siento unos dedos clavándose en mi nuca. Caigo de rodillas dejando escapar al pajarito.

Mi pobre guante gris también es atrapado por los otros, por los negros relucientes ensortijados. En vano se retuerce intentando liberarse.

Quiero gritar pero me cierran la boca unos dedos acerados. Quedo muda como un guante.

Me siento un pajarillo aprisionado.

Guantes amarillos amatorios desgarran mi ropa buscando mi carne blanca.

A mi lado, se agita agonizando mi guante gris de cazar pajaritos. Sufre en silencio, como yo.

Los guantes amarillos amatorios logran dar con mi carme, mientras los negros enjoyados me sujetan boca arriba.

Mi guante gris de cazar pajaritos expira en silencio.

Ellos buscan mis pezones dóciles y serenos.

Buscan todo aquello que atesoro. La carne que me pertenece por íntima.

Los guantes amarillos amatorios son lascivos, pero no son violadores. Son expertos amantes, lujuriosos.

Mi pobre guante gris de cazar pajaritos muerto a mi lado. Lo había trocado por un tornillo retorcido.

Ellos se disputan mi carne blanca. De pronto, cesan su lucha.

Me sorprende tanta quietud.

Veo a un guante negro acercarse arrastrándose hacia mí, en un codiciado y frenético recorrido en busca de mis orificios y mucosas más sensibles.

8

My gray glove and I, stalking birds.

My glove which refuses to give me the palpitating little bird we have caught.

Other gloves behind us, hidden, ferocious, black, and ringed.

I open the gray glove's fingers and take the frightened bird.

It looks at me. It is afraid.

I feel some fingers clamped into my neck. I fall to my knees, letting the little bird escape.

My poor gray glove is also trapped by the others, the black shining ringed ones. In vain it squirms, trying to free itself.

I want to shout but strong fingers close my mouth. Mute as a glove I remain.

I feel like an imprisoned bird.

Yellow amatory gloves rend my clothes, seeking my flesh.

Beside me, my gray glove for hunting little birds quiver, agonizing. It suffers in silence, like me.

The amatory yellow gloves touch my flesh as the bejeweled black ones hold me flat on my back.

My gray gloves for hunting little birds expire silently.

They seek my docile, serene breasts.

They seek out everything I treasure. My most intimate flesh.

The yellow amatory gloves are lascivious, but they are not rapists. They are expert lovers, lustful.

My poor gray glove for hunting little birds dead at my side. I had exchanged it for a twisted screw.

They argue over my white flesh. Suddenly they stop fighting.

Such quietude surprises me.

I see a black glove approach, dragging itself toward me in a greedy, frenetic run in search of my most sensitive and viscous orifices.

Quiero gritar y no puedo.
Siento los dedos avanzar y acercarse a mi carne.
Quiero gritar y no puedo.
Noto los dedos penetrando con furor.
Quiero gritar y no puedo.
Los dedos me desgarran llegando hasta lo más profundo.
Grito con los ojos.
Lloro lágrimas de plata y el mundo se desvanece a mi lado.
Se extingue, igual que mi pobre guante gris de cazar pajaritos.

I want to cry out and I cannot.
I feel the fingers advance, approaching my flesh.
I want to cry out and I cannot.
I see the fingers penetrate furiously.
I want to cry out and I cannot.
The fingers dig down deep into me.
I scream with my eyes.
I cry silver tears and the world around me disappears.
It is extinguished, like my poor gray glove for hunting little birds.

Ella, mi madre, debería estar acostumbrada a mi comportamiento, que es casi una ausencia. Porque me paso la mayor parte del tiempo caducada detrás de algún objeto o debajo de algún mueble.

Me gusta arrastrarme lentamente.

Cuando nadie me ve, remedo a mi padre verdadero y voy reptando. Voy avanzando con las piernas muertas, arrastrándolas detrás de mí, como apéndices inútiles.

Repto entre los muebles, entre los arcones llenos de clavos y tornillos.

Esquivo la colección de objetos de la abuela.

Ella está casi ciega y sorda.

Desde abajo todo se ve diferente. Mejor.

Los recuerdos de mi padre adoptivo que se marchó a la guerra, cuelgan de las paredes.

También están las jaulas de las iguanas y de los lagartos.

Mamá las conserva todavía, ignoro por qué, no forman parte de ninguna colección.

Las jaulas despiden un olor penetrante, desagradable.

Me metería en una de ellas quedándome muy caducada.

Caducada, como muerto. Como mi padre el que murió. No el guante, el otro.

Me encerraría en una de las jaulas y desde allí podría mirarlo todo. Todo lo que ocurre por aquí y por allá. Por toda la casa.

Lo que más me gusta es observar a los demás. Mirar todo cuanto pasa a mi alrededor.

También mirar a través de las esferas transparentes cuanto ocurre en la casa del hombre gordo.

Me pasaría horas en una de esas jaulas, oculto y observando con la mirada cóncava convexa de las esferas a mi madre y a mi abuela, la ciega, y a quienes vienen a trocar cosas para sus colecciones.

She, my mother, should be accustomed to my behavior, which is almost an absence. Because I spend the greatest part of my time worn out behind some object or under a piece of furniture.

I like to drag myself slowly.

When nobody is looking, I imitate my real father and crawl. I advance with dead legs, dragging them behind like useless appendages.

I crawl between the furniture, between chests filled with nails and screws.

I dodge my grandmother's collection of objects.

She is almost blind and deaf.

From the floor everything looks different. Better.

Reminders of my adopted father who went to war hang on the walls.

The iguana and lizard cages are also there.

Mama still keeps them, I do not know why, they are not part of any collection.

The cages give off a penetrating, disagreeable odor. I would enter them, keeping very, very still.

Very, very still, like dead. Like my father who died. Not the glove, the other one.

I would shut myself into one of the cages and from there I would be able to see everything. Everything that happens near and far. All through the house.

What I like most is to observe the others. See everything that happens around me.

And to see through the transparent spheres everything that happens in the fat man's house.

I would spend hours hidden in one of these cages, gazing with the spheres' concave convex gaze at my mother and my grandmother, the blind woman, and at those who come to exchange things for their collections.

Todos se comportan de la misma manera. Ellos lo ignoran; no saben que todos hacen lo mismo, siempre repiten las palabras, las acciones, los gestos, los pensamientos, las intenciones, todo.

Ellos ignoran que les espío desde mis numerosos escondrijos, desde el lado opuesto del cristal de las esferas.

Ellos no saben que les veo robar cosas cuando mamá y la abuela se descuidan. Se van con los bolsillos llenos. Truecan dos cosas pero se llevan cuatro.

Se les humedecen los ojos de felicidad cuando roban. Veo sus ojos desde mis escondites.

Ellos nunca pueden verme. Si lo hicieran dirían siempre lo que dicen de mí: que no soy como todos.

No los delato, porque sé que serían severamente castigados por los guantes guardianes del hombre gordo.

Callo a sabiendas de que si los acuso mi madre se pondría a gritar como una loca. La abuela lloraría sin conocer el motivo de su propio llanto.

Yo nunca lloro.

Ellos creen que robar y trocar son acciones llenas de belleza y misterio. Para mí no significan nada. Tampoco entiendo por qué el hombre gordo se empeña en castigar esto.

El hombre gordo no entrega objetos a cambio de otros. Él trueca objetos por cuadrados de papel.

Los cuadrados de papel llevan escrita una promesa, un premio o un castigo. Nadie conoce su contenido hasta que no lo abren.

Los guantes están para hacer cumplir lo que está escrito en los papeletas.

They all behave in the same way. They are not aware of it; they do not know that everybody does the same; they always repeat words, actions, looks, thoughts, intentions, everything.

They do not know I spy on them from my numerous hiding places, from the other side of the crystal balls.

They do not know that I see them steal things when mama and my grandmother are careless. They leave with their pockets filled. They barter for two things but carry off four.

Their eyes become tearful with happiness when they steal. I see their eyes from my hiding places.

They can never see me. If they did, they would say what they always say of me: that I am not like the others.

I do not denounce them because I know they would be severely castigated by the fat man's guardian gloves.

I remain silent, knowing that if I accuse my mother she would begin to scream like a madwoman. My grandmother would cry, unaware of the cause of her own crying.

I never cry.

They believe stealing and bartering are actions filled with beauty and mystery. To me they mean nothing. Nor do I understand why the fat man insists on punishing this.

The fat man does not hand over objects for objects. He exchanges objects for squares of paper.

The folded bits of paper bear a written promise, a prize, or a punishment. No one knows the content of the paper bit until it is opened.

The gloves are ready to carry out what is written on the bits of paper.

El hombre gordo duerme custodiado por sus finos y exquisitos guantes negros de raso ensortijados con oro, plata y pedrería.

En las filigranas de oro y plata hay engarzadas gemas iridiscentes y perlas sin mácula.

Dos guantes de seda, de media manga, descorren las pesadas cortinas de terciopelo granate.

La claridad penetra a través de los cristales llenando la alcoba de contrastes: de espacios de luz y de penumbra.

El hombre gordo se cubre los ojos con el antebrazo para evitar el rayo de sol que lo apuñala.

Rezonga.

Se resiste a abandonar los brazos cálidos del sueño.

El hombre gordo no sueña. Jamás soñó ni lo hará nunca. Su estirpe no se lo permite.

Guantes verdes, suaves como la piel del melocotón, trepan por el enorme lecho donde yace el hombre gordo, arrebujado entre sábanas de raso.

Las sábanas y fundas de almohadones llevan bordadas las iniciales del hombre gordo.

Con mucha suavidad los guantes lo destapan tirando de las sábanas. Surge el cuerpo desnudo, enorme, blanco y lampiño. Únicamente una mata de vello ensortijado y negro corona el pesado sexo que desfallece sobre el escroto flácido por el sueño.

Acarician sus párpados.

Él los aparta de un manotazo y los arroja al suelo.

Los guantes caen produciendo un sonido apagado y mullido de terciopelo, y tintineo de oro.

Se incorporan, se arrastran, y vuelven a trepar al lecho.

Vuelven a acariciarle los párpados, las mejillas. Él reacciona abriendo los ojos y mirando la habitación por primera vez.

Ha comenzado un nuevo día, un día importante, Señor, le dicen los guantes con su mudo lenguaje gestual.

Se incorpora ayudado por los guantes verdes y pide con un hilo de voz todavía adormecida que le rasquen la espalda y el pubis.

The fat man sleeps watched over by his fine, exquisite black satin gloves bejeweled with gold and silver.

The gold and silver are encrusted with gems and pearls.

Two silk half-gloves draw aside the heavy crimson velvet drapes.

Light penetrates the crystals, filling the room with contrasts: spaces of light and shadow.

The fat man covers his eyes with his forearm to avoid the beam of sun that pierces him.

He grumbles under his breath.

He resists abandoning his hot arms to sleep.

The fat man does not sleep. He never slept and he never will sleep. His lineage does not permit it.

Green gloves, soft like peach skin, climb along the enormous bed where the fat man lies, huddled between satin sheets.

On the sheets the fat man's initials are embroidered.

With great gentleness the gloves uncover the fat man, tossing the sheets back. His enormous nude body emerges, enormous, white, and hairless. Only a bush of hair, bejeweled and black, crowns his enormous scrotum flaccid from sleep.

They caress his lids.

He cuffs them aside and flings them to the floor.

The gloves fall, making an easy, soft, flat sound of velvet and a tinkle of gold.

They straighten up, drag themselves, and mount the bed again.

Again they caress his eyelids, his cheeks. He responds by opening his eyes and looking around the room for the first time.

A new day has begun, an important day. Señor, the gloves say in their mute gestural language.

He gets up, assisted by the green gloves, and in a thin, still sleepy voice asks them to scratch his back and his groin.

Obedecen.

Otros guantes le rascan la cabeza.

Guantes sirvientes arrastran jofainas y aguamaniles con agua tibia perfumada en cuya superficie flotan pétalos de flores. Con paños humedecidos lavan todo su cuerpo. Otros le secan con toallas de algodón de rizo suave.

Le gusta que le empolven las axilas, las nalgas, el vientre entre los pliegues, el pecho y las ingles.

El hombre gordo es feliz. El poder que ejerce sobre sus múltiples guantes le produce un orgasmo espontáneo, incontrolable e inesperado, que le provoca una risa cristalina.

They obey.

Other gloves scratch his head.

Servant gloves bring basins and pitchers with warm scented water on whose surface float petals of flowers. With damp cloths they wash his body. Others dry him with soft cotton towels.

He likes them to powder his armpits, buttocks, between the wrinkles in his stomach, his chest, and groin.

The fat man is happy. The power he exercises over his multiple gloves causes him a spontaneous, uncontrollable, and unexpected orgasm, which reaps a crystalline laughter.

Anoche vinieron los guantes.

Antes de que llegasen a la puerta de calle, yo los había oído que se arrastraban entre los matorrales y las plantas sin flores del jardín.

También los había olido desde lejos.

Ese olor dulzón y pegajoso.

Madre tardó en abrirles la puerta, se demoró cuanto pudo y me ordenó que me escondiera y me hiciese el dormido.

Por lo general estoy escondido, espiando.

Le obedecí. Aunque no les temo. Soy hijo de uno de su especie. Llevo sus genes: los del desamor.

Ella temblaba de miedo cuando les abrió.

Entraron: guantes negros y amarillos. Los segundos curiosearon por toda la casa y pellizcaron las pantorrillas de mi madre.

Pasaron junto a mi escondite y fingieron no verme.

Los negros hablaron todos al mismo tiempo y mamá les rogó que lo hicieran de a uno. Ellos discutieron por ver cuál tomaría la palabra. El más fuerte se impuso. Era un guante negro muy grande.

Por señas le dio a entender a mi madre que me preparara para el viaje.

Ella le hizo repetir varias veces, fingiendo no comprender lo que decía.

Mi madre no quería saber. Me llamaban para ir a la guerra. Igual que a mi padre, el adoptivo que utilizaron para canalizar sus propios genes.

Mi madre lloró.

Lo vi todo a través de una de mis esferas.

Last night the gloves came.

Before they arrived at the front door, I had heard them dragging themselves through the bushes and flowers in the garden.

I had also smelled them from far off.

That sweetish, sickish smell.

Mother was slow in opening the door for them, she delayed as long as she could and ordered me to hide and pretend to be asleep.

Usually I am hidden, spying.

I obeyed her. Although I am not afraid of them, I am the son of one of their species.

She was trembling with fear when she opened for them.

They entered: black and yellow gloves. The second group searched the entire house and pinched my mother's bottom.

They passed my hiding place but pretended not to see me.

The black ones were talking all at the same time and mama begged them to do it one at a time. They argued to see who would speak first. The strongest asserted himself. He was a very large glove.

By signs they gave my mother to understand she must prepare me for the journey.

She made him repeat it several times, feigning not to understand him.

My mother did not want to know. They were summoning me to the war. Like my father, the adopted one whom they used to channel his genes.

My mother cried.

I saw it all through one of my spheres.

El hombre gordo sonríe cediendo a las caricias lascivas de los guantes. Uno de ellos, torpe de movimientos, lo irrita.

El hombre, indignado, lo coge y lo estruja entre sus dedos blancos y regordetes. Tiene uñas transparentes, limadas a diario y laqueadas con esmaltes de oriente.

El guante no ofrece resistencia a las manos de su amo y cae asfixiado. Es arrojado lejos, a un rincón de la estancia; mientras otros guantes incorporan al hombre gordo en la cama y disponen bandejas con exquisitas viandas: frutas perfumadas, panecillos calientes, zumos almibarados.

Él, flácido, en su lecho de raso goza de la vida.

Abre la boca para que lo alimenten y mastica indolente los manjares. Traga y eructa.

Los guantes azules, de los buenos modales, se apresuran a taparle la boca y piden perdón al resto de los guantes haciendo reverencias.

Calzan chinelas de raso bordadas en los pies del hombre, blancos, uñas perfectas, también limadas y laqueadas.

Lo transportan hacia el cuarto de baño previamente envuelto en una niebla de incienso.

Lo depositan blandamente en el interior de la bañera cóncava y blanca. En el agua flotan nenúfares y trozos menudos de madera de sándalo.

Se sumerge en los encajes frágiles de espumas batidas, olorosas.

Se adormece entre los delicados roces y furtivas caricias que le otorgan los guantes enjoyados.

El ejército de guantes rojos chapotea, lo friegan con esponjas sacadas del fondo del océano. Dan precisos masajes relajantes a sus músculos, diminutos músculos escondidos en los pliegues de la gordura blanca y lampiña.

Un guante amarillo se desliza bajo el agua y avanza arrastrándose por el fondo de la bañera hacia la entrepierna del hombre.

The fat man smiles, yielding to the gloves' caresses. One of them, slow in movement, irritates him.

The man, indignant, seizes him and squeezes him between his very fat white fingers. Transparent fingernails tended to daily with oriental enamels.

The glove does not resist its master's hands and falls asphyxiated. It is thrown far, into a corner of the room; as other gloves raise the fat man in bed and serve him exquisite viands: perfumed fruits, hot rolls, fruit juices.

He, flaccid in his satin bed.

He opens his mouth so they may feed him and chews the food slowly. He swallows and belches.

The blue gloves with good manners hasten to cover his mouth and, bowing, beg the pardon of the rest of the gloves.

They put embroidered satin slippers on the man's white feet, perfect toenails polished and lacquered.

They carry him to the bathroom already enveloped in a cloud of incense.

They lower him gently into the enormous white tub, where rose petals, water lilies, and bits of sandalwood float.

He sinks into laces of whipped scented foam.

He also falls asleep from the numerous caresses he receives from the jeweled gloves.

The army of red gloves wash him, rub him with the softest sponges from the bottom of the ocean. They massage his muscles, diminutive muscles hidden among the folds of the hairless white fat.

A yellow glove slips under the water and advances, dragging along the bottom of the tub toward the man's thigh.

Otros guantes escancian vinos espumosos y burbujeantes en copas de fragilísimo cristal.

El guante amatorio amarillo se aferra al sexo del hombre. Éste se estremece y subleva alargando una mano hacia el guante que no puede ver por la espesa capa de espuma. Coge el guante a tientas e intenta desprenderlo de su sexo.

El guante amarillo amatorio se resiste; pero el hombre es más fuerte, a pesar de la pereza matinal y del vino, y lo arroja muy lejos. Chilla y ordena que lo encierren en un cofre, que encarcelen a todos los guantes amarillos amatorios en el cofre amarillo.

Es temprano para amar. Está cansado.

Los guantes largos y negros obedecen y encarcelan a los guantes amarillos amatorios, que no ofrecen resistencia, sumisos, dóciles guantes de lujosas telas.

El hombre dormita sin sueños.

Embelesados ante su angelical figura casi seráfica, los guantes guardan su sueño.

Cuando despierta, como siempre, pide que le lleven su colección de lágrimas.

Contemplarlas le hace llorar de emoción.

Other gloves pour sparkling wines into the most fragile crystal glasses.

The yellow amatory glove grasps the man's sex. He trembles and objects, extending a hand toward the glove which he cannot see through the thick layer of foam. He seizes the glove and tries to pry it from his sex.

The yellow amatory glove resists; but the man is stronger despite his morning slowness and the wine, and he throws it some distance; he shrieks and orders them to shut it in a trunk, to shut all the yellow amatory gloves in the yellow trunk.

It is still too early for love. He is tired.

The long black gloves obey and imprison the yellow amatory gloves—submissive docile gloves of the finest material—which offer no resistance.

The man dozes, dreamless.

Enraptured, before his angelical, almost seraphic figure, the gloves watch over his sleep.

When he wakes, as always, he asks them to bring him his collection of tears.

Contemplating them moves him to tears.

Por la tarde llegan los compradores trocadores.

Él los recibe con una amplia sonrisa, rodeado por sus mejores guantes.

Ellos se acomodan recostándose en cojines bordados traídos de exóticos lugares.

El hombre gordo da dos palmadas y de inmediato se abren las puertas dejando paso a un ejército de guantes sirvientes portadores de viandas exquisitas.

Los guantes azules atienden diligentes a los invitados.

Muchos han venido acompañados de sus esposas.

El hombre gordo no deja de sonreír y pavonearse, orgulloso de su poderío.

Los guantes amarillos amatorios, sabedores de su oficio, cuando los hombres y sus mujeres han saciado el hambre y la sed, se introducen subrepticiamente entre sus ropas buscándoles aquellas partes de la piel más receptoras a sus refinadas caricias.

Los órganos se hinchan, palpitan y se humedecen con sutiles humores.

Se estremecen. Perciben descargas eléctricas a lo largo de sus miembros.

Las esposas de los hombres ponen los ojos en blanco y lanzan gratuitas agudos.

Ellos suspiran y se dejan caer de espaldas sobre los cojines, abandonándose al capricho de los guantes amarillos amatorios.

Ellas se revuelcan con guantes amarillos prendidos en los enormes pezones. Con otros que incursionan en sus carnosidades abiertas como flores expuestas al rocío.

El hombre gordo goza con el espectáculo de la felicidad ajena y aplaude y ordena a los guantes azules que hagan otro tanto.

Los guantes azules aplauden furiosamente.

Los maridos beben vinos, licores afrutados. Beben entre resoplidos de placer incontrolables, con el cuerpo cubierto de guantes amarillos inquietos.

In the afternoon the barterer buyers arrive.

He receives them with a wide smile, surrounded by his best gloves.

They make themselves comfortable, reclining on pillows brought from exotic places.

The fat man claps twice and immediately the doors open, making way for an army of servant gloves bearing exquisite viands.

The blue gloves diligently attend the guests.

Many of them are accompanied by their wives.

The fat man never stops smiling and preening, proud of his power.

The yellow amatory gloves, knowing their work, when the men and their wives have satiated their hunger and thirst, introduce themselves surreptitiously among their clothes, seeking those parts of the skin most sensitive to their delicate caresses.

Their organs swell and grow damp.

They tremble. They feel electric charges all along their limbs.

The men's wives turn up the whites of their eyes.

The men sigh and let themselves sink back into the pillows, submitting to the caprices of the yellow amatory gloves.

The women roll over with the yellow gloves clasped to their enormous breasts. With others they blend with their flesh exposed like flowers exposed to the sun.

The fat man enjoys the spectacle of others' happiness and applauds and orders the blue gloves to go on with it.

The blue gloves applaud furiously.

The husbands drink wine, fruit liquors. They drink between burps of uncontrollable pleasure, their bodies covered with anxious yellow gloves.

Ellas, envueltas en trémulos guantes amarillos, se encuentran mareadas, ríen, eructan, regurgitan las frutas y los licores. Los guantes azules, de los buenos modales, recogen los líquidos derramados con blanquísimas servilletas y ofrecen disculpas con una amplia reverencia.

Los guantes amarillos amatorios se enardecen, se descontrolan y aman con inusitada furia. Destrozan las ropas de los invitados en su afán por penetrar hasta los insondables lugares que atesoran el misterioso placer de la carne.

Oprimen y rasgan.

La piel sangra.

El sudor cubre los cuerpos.

El aire se llena de olor a semen y a flujos vaginales.

Se desmayan todos, cubiertos de guantes amarillos amatorios. Exangües, cansados, satisfechos, mojados.

El hombre gordo sonríe fascinado ante su propio poderío.

The women, enclosed in tremulous yellow gloves, feel dizzy, laugh, vomit, regurgitate fruit and liquors. The blue gloves with good manners clean up the spilled liquids with white napkins and offer their apologies with a deep bow.

The yellow amatory gloves become inflamed, lose control, and make love with unusual fury. They destroy the guests' clothes in their eagerness to penetrate the unfathomable depths which hold the pleasures of the flesh.

They probe and rend.

The skin bleeds.

Sweat covers their bodies.

The air is thick with the smell of semen and vaginal fluids.

They all faint, covered by yellow amatory gloves. Lifeless, exhausted, satisfied, soaked.

The fat man smiles, fascinated by his own power.

El hombre gordo da dos palmadas en el aire y los guantes despiertan.

Ponen orden y limpieza mientras otros transportan a los compradores trocadores a la estancia preparada para el desfile.

Antes, todos ellos son llevados a los baños, aseados y perfumados, vestidos con ricas telas.

En la sala de los desfiles, los hombres aguardan la aparición del hombre gordo, mientras sus mujeres permanecen en los baños.

Por fin llega. Se ha hecho esperar.

Se instala en su lugar de jerarquía. Desde allí ordenará todo.

A una orden suya comienza el desfile.

Arrastrándose sobre las alfombras van apareciendo los guantes. El hombre gordo explica sus cualidades y bonanzas.

No son guantes salvajes, que pueden conseguirse en cualquier parte. Estos han sido adiestrados, educados, amaestrados.

Guantes azules, maestros de buenos modales y finezas. Imprescindibles en toda buena casa.

Guantes negros, feroces guardianes, fieles hasta la muerte. Fuertes, poderosos e insobornables.

Guantes amarillos, sabios en materia de placeres y amores; exquisitos amantes.

Guantes verdes, sabios consejeros, expertos en el arte de la vida.

Guantes grises, incansables trabajadores, hábiles artesanos y artistas. Todo lo hacen.

Y los hombres sonríen satisfechos y aplauden llenos de codicia.

Comienza la puja.

Ellos ofrecen, mientras los guantes solícitos no dejan de escanciar.

El hombre gordo disfruta y sube los precios.

Ellos ofrecen objetos valiosísimos a cambio de los guantes.

Las arcas del hombre gordo se llenan. Sus colecciones de objetos se enriquecen. Ganará el próximo concurso en la Feria.

Cierran tratos.

The fat man claps twice and the gloves awaken.

They restore order and cleanliness as others transport the barterer tradesmen to the place prepared for the parade.

First, they are all taken to the baths, cleansed and perfumed, dressed in rich materials.

In the parade room the men await the fat man's arrival while the women remain at the baths.

Finally he arrives. They are used to waiting.

He is installed in his hierarchical place. From there he will command everything.

At an order from him the parade begins.

Dragging themselves over the carpet, the gloves appear. The fat man describes their characteristics and rewards.

They are not savage gloves, which can be acquired anywhere. These had been trained, educated, mastered.

Blue gloves, master of good manners and civilities. Indispensable in any good house.

Black gloves, ferocious guardians till death. Strong, powerful, and incorruptible.

Yellow gloves, wise in affairs of pleasure and love, exquisite lovers.

Green gloves, wise counselors, experts in the art of living.

Gray gloves, tireless workers, capable artisans and artists. They do everything.

And the men smile satisfied and applaud, filled with envy.

The outbidding begins.

They make offers as the serving gloves keep pouring wine.

The fat man enjoys himself and raises prices.

They offer most worthy objects in exchange for gloves.

The fat man's coffers fill. His collections of objects are enriched. He will win the next competition at the fair.

They close deals.

XV

Las esposas aguardan satisfechas y esperanzadas en la sala
del té. Sorben delicados zumos e infusiones y catan elab‐
orados dulces: pasteles, tartas, biscochos.

Los solícitos guantes no dejan de satisfacerlas en todo.
Menos los amarillos amatorios, que, exhaustos, se marchitan
y pudren en los rincones y en los cubos de basura.

Ellas parlotean sin oírse unas a otras: dicen cosas sin sentido
alguno, sólo por el placer de oírse.

Están radiantes y felices.

Son felices una vez en la vida, como sus esposos.

Satisfechas, cada una hace alarde de su marido, de sus
compras y trueques.

De su poder.

Cada vez que piensan en los guantes amarillos amatorios
que sus esposos acaban de adquirir y reposan en las cajas
embaladas con papeles de colores chillones, dejan ver sus
dientes blanquísimos en una amplia sonrisa, amplísima.

The wives wait satisfied and hopeful in the tea salon. They sip delicate juices and teas and sample fancy sweets: pies, tarts, cakes.

Eager gloves do not cease satisfying themselves in everything. Except for the yellow amatory gloves, which wither and rot in corners and in garbage pails.

The women chat without listening to one another: they talk nonsense, only for the pleasure of hearing themselves.

They are radiant and happy.

They are happy for once in their lives, like their husbands.

Satisfied, each one boasting of her husband, of their purchases and exchanges.

Of their power.

Each time they think of the yellow amatory gloves that their husbands have just acquired and repose on the boxes decorated with gaudy colors, they show their very white teeth in wide, very wide, smiles.

Desde lo alto de su casa, desde su atalaya, el hombre gordo ve alejarse a sus clientes satisfechos.

Ordena a sus guantes negros que le muestren lo adquirido. Que dejen sentado en los libros cada uno de los objetos trocados, que lo hagan con cuidado y lujo de detalles, poniendo al margen la cantidad y la clase de guantes entregados a cambio.

Se arrebuja en los cojines y brinca de alegría.

Guantes diligentes lo rodean y adulan: le dicen esas cosas que se dicen en estos casos.

Él ordena que guarden sus ganancias en baúles bajo llave y saquen su gran colección de lágrimas de plata, que quiere contemplarla una vez más.

Que nada falte para el momento de la Gran Feria donde expondrá sus lágrimas.

Los guantes obedecen, abren los armarios extrayendo de ellos los joyeros chinos laqueados con pájaros y grullas que contienen las lágrimas.

Ente él despliegan los paños negros de terciopelo donde se alinean con rigor las lágrimas de plata.

Los guantes aduladores le dicen por señas que tiene la mejor colección y que, sin dudas, ganará el Gran Premio.

Él sonríe de felicidad.

Es inmensamente feliz.

Nadie puede ser más feliz que el hombre gordo cuando contempla fascinado su colección de lágrimas de plata.

Las lágrimas de plata que lloran las vírgenes cuando son violadas por un guante negro guardián.

Uno de los guantes azules advierte un hilo de saliva corriendo por el mentón del hombre, y de inmediato intenta limpiarlo con un pañuelo de batista bordado.

El hombre lo arroja lejos de un manotazo.

Quiere que llamen a los guantes amarillos amatorios.

Que vengan los guantes amatorios, que está contento por sus acertados negocios.

Que lo amen de verdad, como sólo ellos saben hacerlo.

From the top of his house, the fat man sees his clients go off satisfied.

He orders the black gloves to show him his new acquisitions. To inscribe in the books each luxurious object in detail, noting in the margin the number and class of gloves given in exchange.

He huddles in his pillows and bounces with joy.

Diligent gloves surround and fawn over him: they say things that are said in these cases.

He orders them to store his gains under lock and key and to take out his great collection of silver tears, which he wants to contemplate once more.

So that nothing will be missing at the moment of the Great Fair, where he will expose his tears.

The gloves obey, open the closets, removing the lacquered Chinese jewel cases with birds and cranes, which contain the tears.

Before him they spread the black velvet cloth on which they carefully line up the silver tears.

The fawning gloves tell him with signs that he has the best collection and that he will no doubt win the Grand Prize.

He smiles from happiness.

He is immensely happy.

No one can be happier than the fat man as he contemplates his collection of silver tears.

Virgins cry silver tears when they are violated by a black guardian glove.

One of the blue gloves notices the finest line of saliva running down the man's chin and immediately tries to wipe it off with an embroidered batiste handkerchief.

With a shove the man hurls him off.

He wants them to call his yellow amatory gloves.

Wants the yellow amatory gloves to come because he is happy with his successful trades.

Wants them to love him fully as only they know how to do.

Que los demás guantes se retiren, ordena.

Se van sin darle el dorso. Abandonan la habitación mientras los guantes amarillos amatorios se disponen para el amor.

Se entibian rozándose unos con otros.

Lo desnudan y le entregan un espejo de mano para que pueda verse el sexo contundente perdido bajo los pliegues del vientre.

El hombre poderoso tiene un sexo poderoso.

En él radica su poder sin límites: en su perfección, en su potencia, en su hermosura.

Sus genitales son tan bellos como la colección de lágrimas de plata.

Él comienza a dar órdenes. Mientras tanto, su miembro se inflama y eleva hasta rebasar los límites de su propio reflejo en el círculo de azogue.

Wants the other gloves to leave, gives the order.

They leave, backing away from him. They abandon the room as the yellow amatory gloves get ready to make love.

To get warm they rub themselves against one another.

They undress him and give him a hand mirror so that he may see his sex lost among the folds of his stomach.

The powerful man has a powerful sex.

In that is rooted his limitless power: his perfection, his potency, his beauty.

His genitals are as beautiful as his collection of silver tears.

He begins to give orders. Meanwhile, his member swells and rises until it surpasses the edges of his own reflection in the circular mirror.

El hombre gordo se estremece de placer cuando llega la noche. Cuando la luna se convierte en un círculo de plata.

Todo él está cubierto de guantes amarillos amatorios. Sus carnes vibran y se conmueven bajo el tacto experto.

Sus ojos se ponen en blanco y grita como una fiera cuando eyacula en el espejo circular, cuando su semen se estrella contra el cristal.

De inmediato cae desmayado: enajenado por la magnitud incontrolable del placer.

Un único guante rojo presente recoge el semen guardándolo en una ampolla de fino cristal.

El hombre gordo eyacula un semen dorado.

The fat man quivers with pleasure when night comes. When the moon becomes a silver disk.

He is completely covered by yellow amatory gloves. His flesh vibrates and is roused under expert touch.

The whites of his eyes turn up and he cries out like an animal when he ejaculates in the circular mirror, when his semen splashes against the crystal.

Immediately he falls into a faint, transported by the uncontrollable magnitude of his pleasure.

A single red glove collects his semen, saving it in a small fine crystal flask.

The fat man ejaculates a golden semen.

Madre ha llorado tanto.

No le gusta que yo tenga que ir a la guerra de las fosas.

En esa guerra murió mi padre, el que usaron para transportar los genes verdaderos.

Daría su vida por evitar mi partida. Pero es inútil. Ella no puede hacer nada. Está escrito en las leyes.

Todo está escrito. Todo cuanto ocurre aquí está registrado en los enormes diarios redactados por los funcionarios especializados.

Lo que hace cada uno de nosotros, cada acción, cada palabra y cada pensamiento, queda registrado en esos enormes libros que llenan kilómetros de estanterías.

Si hacemos lo que dicen esos libros, no corremos el riesgo de equivocarnos.

En realidad, en esos mismos libros se nos dice cuando debemos equivocarnos y cuando no.

De modo que tendré que ir a la guerra.

De todos modos, no me asusta.

Sé que moriré.

Miraré la guerra a través de una de mis esferas de vidrio.

Contemplaré la muerte desde este lado: el lado opuesto.

Mother has cried so much.

She does not like it that I must go to the war of the graves.

In that war my father died, he whom they used to carry the true genes.

She would give her life to avoid my leaving. But it is useless. She can do nothing. It is written in the laws.

Everything is written. Everything that happens here is registered in enormous newspapers edited by specialized functionaries.

What each one of us does, every action, every word, every thought is registered in those enormous books which fill kilometers of shelves.

If we do what those books say, we won't risk making mistakes.

Actually those very books tell us when we should make mistakes and when not to.

So I will have to go to war.

In any case, that does not frighten me.

I know that I will die.

I will see the war through one of my glass spheres.

I will contemplate death from this side, the opposite side.

Sé que no moriré, pero ellos lo ignoran.

Mi propia madre lo ignora. Mi abuela, la ciega, también.

Los hijos de guantes no morimos.

Somos más fuertes gracias a los genes heredados. Al semen de oro.

Somos inmunes a las garras venenosas de los gatos. A las mordeduras de lagartos e iguanas.

Pero mamá llora sin cesar.

Llora de dolor, pero con un dolor distinto de aquél cuando el guante la violó.

Entonces lloró lágrimas de plata.

Nadie sabe que madre tiene esas lágrimas guardadas.

Yo, sí.

El hombre gordo lo ignora.

No estoy triste por tener que ir a la guerra. No tengo miedo porque no moriré.

Nosotros sabemos que no podemos morir en esa guerra. Está registrado en los anales que así ocurrirá, gracias a la superioridad de nuestros genes.

Ni siquiera podemos resultar heridos. Pero mamá lo ignora y continúa llorando.

Ahora llora lágrimas de agua salada, como todo el mundo.

I know I will not die, but they do not know it.

My own mother does not know it. Or my grandmother, the blind one, either.

Sons of the gloves do not die.

We are very strong thanks to the genes we have inherited. To the golden semen.

We are immune to the poisonous cats' wars. To lizard and iguana bites.

But mama cries endlessly.

She cries from pain, but from a different pain from that when the gloves violated her.

Then she cried silver tears.

Nobody knows that my mother has those tears hidden.

I do.

The fat man does not know it.

I am not sad because of having to go to the war. I am not afraid, because I will not die.

We know we cannot die in that war. It is written in the books that it will be thus thanks to our superior genes.

We will not even be wounded. But mama does not know that and keeps crying.

Now she cries salty tears like everybody else.

Será dentro de un par de noches.

Creo que será en un par de noches cuando me llamen a la guerra.

Allí nos reuniremos todos; los que somos hijos de guantes y los que no lo son, como mi padre, que murió en esta guerra, víctima de las garras de un gato.

Me refiero a mi padre falso.

Allí, en uno de ambos lados de las fosas, nos arrastraremos a gusto. También saltaremos.

Cada uno de nosotros llevará sus esferas y también las armas arrojadizas.

No vamos a participar activamente en la batalla. No. Únicamente colaboraremos con nuestra presencia, mientras nos arrastramos y brincamos en los bordes de las fosas.

También colaboraremos dando instrucciones por la noche a los que no pueden ver en la oscuridad, como mi padre.

Ellos no pueden ver en la oscuridad. Nosotros sí, gracias a las esferas. De manera que vemos al enemigo incluso siendo noche cerrada y sin luna. Y vemos venir los gatos arrojados desde los bordes opuestos, y a los lagartos y a las iguanas envenenados que son lanzados por los aires.

Estoy acostumbrado a la oscuridad. Paso la mayor parte del tiempo debajo o dentro de los armarios.

Desde allí lo veo todo.

Todo lo espío.

Todo lo vigilo.

Nada escapa a mi control.

Mi madre sufre ante mi inminente partida: cree que moriré como mi padre. Mi padre murió bajo el terrible efecto del veneno de las garras de un gato.

Mi madre llora lágrimas de agua y sal.

También me escondo debajo de las camas y desde allí lo veo todo de forma diferente a través de la transparencia prístina de mis esferas de vidrio.

It will happen in the next couple of nights.

I believe that in a couple of nights they will call me to the war.

There we shall all gather, those of us who are gloves' sons and those of us who are not, like my father who died in this war, the victim of a cat's scratches.

I mean my false father.

There, on one side of the graves, we will drag ourselves comfortably along. We will also leap.

Each of us will carry his spheres and his missile weapons.

We are not going to participate actively in the battle. No. We are only going to collaborate with our presence as we drag ourselves and leap onto the graves' edge.

We will also collaborate by giving instruction at night to who cannot see in the dark, like my father.

They cannot see in the dark. But we can, thanks to the spheres. So that we can see the enemy even when there are no stars. And we see the cats approaching on the opposite banks, and the poisonous lizards and iguanas which shoot through the air.

I am used to the dark. Most of the time I am under or inside wardrobes.

From there I see it all.

Everything I spy on.

Everything I watch.

Nothing escapes my vigilance.

My mother suffers at my leaving, thinking I am going to die like my father. My father died from the terrible effects of the poison from the cat's claws.

My mother cries salty tears.

I also hide under beds and from there I see everything at a different angle through my glass spheres.

Si el hombre gordo se enterase que madre guarda las lágrimas de plata de su violación, la mandaría llamar para hacer trueque.

Un trueque injusto.

El hombre gordo lo ignora, si no ya se hubieran presentado los guantes en casa.

No llores, madre, le digo.

Ella llora, de todas maneras.

Le digo: no llores madre, porque no puedo morir.

Pero ella piensa en mi padre, y no puede evitarlo.

Tal vez ella desconoce la existencia de los libros de registro. Si lo supiera no tendría miedo, sabría que no puedo morir.

Pero no sabe nada. Compara. Ve la similitud de las situaciones. Si lo supiera no tendría miedo, sabría que no puedo morir.

Ella es ignorante. Llora lágrimas por mi padre y por mí.

También me pide que deje a su custodia mi colección de esferas transparentes, aunque dice que no valen nada, que nadie querrá trocarlas por objetos útiles.

Le digo que no es así. Que mis esferas son bellas y que sirven para ver las cosas.

No me entiende.

Nunca entiende nada, o no quiere.

No sé si mi madre es ambiciosa.

No sé si mi madre llora lágrimas auténticas, como aquellas de plata que lloró cuando la violaron.

If the fat man finds out that mama keeps the silver tears from her violation, he would order her called to make an exchange.

An unjust exchange.

The fat man does not know it, since the gloves have not presented themselves at the house.

Don't cry, mama, I say.

She cries anyway.

I say, don't cry, mother, because I won't die.

But she is thinking of my father and cannot avoid worrying.

Perhaps she is unaware of the existence of the registry books. If she were aware, she would not be afraid, she would know that I cannot die.

But she knows nothing. She compares. She sees the similitude of the situations. If she knew she would not be afraid, she would see that I cannot die.

She is ignorant. She cries tears for my father and me.

She also asks me to leave my collection of transparent spheres in her custody, although she says they have no value, that nobody will trade them for useful objects.

I tell her that is not so. That my spheres are beautiful and serve to see things.

She does not understand me.

She never understands anything, nor does she want to.

I do not know if my mother is ambitious.

I do not know if my mother sheds authentic tears like those silver ones which she cried when they violated her.

Anoche mi abuela me confió un secreto.

Me dijo que tiene a punto su colección de trapos.

Me confió que había estado reuniéndola a lo largo de toda su vida, día tras día. La logró robando aquí y allá.

Cuando me lo dijo le brillaron sus ojos ciegos de emoción y codicia.

También me aconsejó que si quería ser alguien en la vida hiciera lo mismo: que fuera hurtando objetos afines entre sí hasta lograr una colección original e importante con la cual ganar el Gran Premio, que me asegure la fama y el poder para toda la vida.

Le pedí que me dejara ver su colección.

Ella se resistió como un niño.

Me llevó hasta sus habitaciones y allí me enseñó tres inmensos baúles cerrados.

Con unas llaves que oculta debajo de la cama y que yo nunca había visto a pesar de pasar muchas horas allí debajo, abrió los baúles.

Había muchos trapos.

Trapos rojos.

Trapos sucios.

Trapos limpios y blancos.

Trapos de lino y de algodón.

Había otras cosas.

Mi abuela la ciega estaba orgullosa de su colección de trapos. La pieza preferida era una lata de aceite vacía.

Le dije: abuela, esto no es un trapo, es una lata.

No me comprendió.

Me llamó ignorante y se enfadó cerrando los baúles a golpes.

Vino mi madre alarmada ente los gritos de mi abuela.

Me metí en la jaula que había sido de las iguanas y me quedé dormido mientras las oía discutir.

Last night my grandmother entrusted me with a secret.

She told me she has a large collection of rags ready.

She confided that she had been gathering it all her life, day by day. She did it by robbing here and there.

When she told me that, her eyes shone with emotion and greed.

She also advised me to do the same if I wanted to be somebody in life: to steal objects of one kind until achieving an original and important collection with which to win the Grand Prize, which might assure me fame and power all my life.

I asked her to let me see her collection.

She resisted like a child.

She took me to her rooms and there showed me three immense closed trunks.

With keys which she hides under the bed and which I had never seen despite having passed many hours there below, she opened the trunks.

There were many rags.

Red rags.

Dirty rags.

Clean white rags.

Linen and cotton rags.

There were other things.

My grandmother the blind woman was proud of her rag collection. Her favorite piece was an empty oil can.

I said, Grandmother, this is not a rag, it's a can.

She did not understand me.

She called me stupid and grew angry, closing the trunks noisily.

My mother came, alarmed at my grandmother's shouts.

I went into the cage that once had housed the iguanas, and as I fell asleep I seemed to hear them arguing.

Presiento que esta noche vendrán por mí.

De manera que tendré que salir a trocar alguna de mis esferas por armas para la batalla.

Tendré que sacrificar algunas de mis esferas para adquirir gatos y lagartos envenenados que arrojar al enemigo.

Cambiaré únicamente dos o tres. Sólo las necesarias.

A mi padre, el que no fue verdadero, le cayó uno de esos gatos en la cabeza, le clavó las uñas en los ojos.

Murió de inmediato, víctima del potente veneno con que les untan las uñas.

No sé si sufrió, creo que sí.

Mi madre dice que sufrió mucho, pero es posible que mienta, pues no lo vio.

Estará escrito en los libros, acaso pueda leerlo y enterarme cómo ocurrió.

En realidad poco me importa saber cómo ocurrió, pero es importante para ella. Si logro enterarme se lo contaré. Aunque no es necesario. Ella quiere que él haya sufrido; de nada sirve decirle lo contrario. No me creerá ni se resignará a no tener más motivos de llanto.

Ni ella ni yo sabemos cómo murió mi verdadero padre: el guante que dejó sus genes en mi madre.

Es de suponer que se secó.

La vida de los guantes es breve. Se pudren como frutas y se van quedando rígidos y secos como el cartón.

Sus genes, en cambio, son eternos.

I have a feeling they will come for me tonight.

So I must go barter some of my spheres for battle arms.

I will have to sacrifice some of my spheres for poisoned cats and lizards to throw at the enemy.

I will exchange only two or three. Only how many are necessary.

One of those cats struck my father's head, my false father's, its claws dug into his eyes.

He died immediately, a victim of the potent poison with which their claws are smeared.

I do not know if he suffered. I believe so.

My mother said he suffered a good bit, but she is probably lying because she did not see him.

It must be written in the books, perhaps I can read it and find out how it happened.

Really knowing how it happened matters little to me, but it is important to her. If I manage to find out, I will tell her. Although that is not necessary. She wants him to have suffered; nothing will be gained by telling her he did not. She will not believe me nor will she be resigned to not having reasons to cry.

Neither she nor I know how my real father died, the glove which left his genes in my mother.

It is to be supposed that he dried up.

The gloves' lives are short. They rot like fruit and little by little grow stiff and dry like cardboard.

Their genes, however, are eternal.

Antes de partir a la guerra debo meditar.

Me arrastraré hasta aquél mueble y permaneceré debajo meditando en la oscuridad.

Debo encajar las cosas a través de la belleza de mis esferas.

Tendré que ir preparado a la guerra, con las ideas claras.

Es fundamental conocer cuál es el enemigo. Yo no lo sé. Cuando los guantes vengan a llevarme, espero que me lo digan, así sabré a quién me enfrento, a quién debo arrojar mis lagartos e iguanas envenenados.

De todas maneras pensaré un rato. Acaso descubra quién es el enemigo por mí mismo.

Conoceré a aquél que mató a mi padre, al falso.

Yo podría matarle y vengar así a mi padre. Pero en realidad no me importa. A mamá sí le gustaría: la haría inmensamente feliz.

Si ella tuviera la certeza de que yo soy capaz de vengar a mi padre, tal vez dejaría de llorar.

Me sacrificaría por esa venganza. Ella me sacrificaría para rescatar un recuerdo falso.

El orden es siempre aparente. Mis esferas así lo revelan.

El hombre gordo tiene el poder de controlarlo todo, incluso la guerra y el caos.

24

Before leaving for the war I must meditate.

I will drag myself to the wardrobe and stay under it, meditating in the dark.

I must draw things together through the beauty of my spheres.

I must go to the war prepared with clear ideas.

It is fundamental to know who the enemy is. I do not know that. When the gloves come for me, I hope they will tell me; thus I will know whom I am confronting, at whom I must throw my poisoned lizards and iguanas.

In any case I shall think a while. Perhaps I will find out by myself who the enemy is.

I will recognize the one who killed my father, my false one.

I could kill him and thus avenge my father. It really does not matter to me. But it would please my mother. It would make her immensely happy.

If she were certain that I was capable of avenging my father, perhaps she would stop crying.

She would sacrifice me for that vengeance. She would sacrifice me to redeem a false memory.

Order is always apparent. My spheres reveal it thus.

The fat man has the power to control everything, even the war and chaos.

Hoy mi madre está muy contenta.

Me dijo que tenía que decirme un secreto.

No creo en los secretos.

Los secretos nunca son buenos.

Me dijo que había trocado importantes piezas para su colección de pájaros disecados.

Me llevó al desván donde la guarda, quitó los paños y descubrió sus últimas adquisiciones: un gorrión apolillado y una rata muerta.

Le señalé que la rata no es un pájaro. Se ofendió muchísimo.

Le sugerí que mirara su colección a través de una de mis esferas para verla realmente.

Se negó.

Creo que mis palabras la disgustaron enormemente.

Creí mejor pedirle perdón y decirle que me había equivocado.

Esto pareció calmarla y devolverle la alegría, tanto, que decidió mostrarme la colección completa para que le diera mi parecer.

Conté 39 piezas.

Dieciocho eran aves, las restantes no. También había incluida una vieja bufanda de lana roja.

La felicité.

Se emocionó y me dijo que era un buen hijo.

25

Today Mother was very happy.
She said she must tell me a secret.
I do not believe in secrets.
Secrets are never good.
She told me she had exchanged important pieces for her collection of stuffed birds.
She led me to the attic where she keeps it and showed her latest acquisitions: a moth-eaten sparrow and a dead rat.
I pointed out that the rat was not a bird. She was terribly offended.
I suggested that she look at her collection through one of my spheres and really see it.
She refused.
I think my words disgusted her enormously.
I thought it better to ask her forgiveness and tell her that I was wrong.
This seemed to calm her and make her as happy as she was earlier, so much so that she decided to show me the complete collection so I might give her my opinion.
I counted 39 pieces.
Eighteen were birds, the rest not. She had also included an old red wool scarf.
I congratulated her.
She was touched and called me a good son.

Han pasado dos meses y aún no han venido a buscarme para la guerra.

Mis armas están debilitadas, pues apenas les doy alimento.

El veneno ha perdido el poder, creo.

Acaso debería volver a trocarlas y recuperar mis esferas, pero tarde o temprano tendré que ir a la guerra y me serán necesarias.

Es curioso que se retrase tanto mi partida.

No me importa la guerra, me importa haber perdido tres de mis mejores esferas de cristal para adquirir estas armas ahora débiles.

Mientras tanto, mamá está ilusionada con la Gran Feria de este año, cada día hace recuento de su colección y la engrandece con alguna nueva pieza trocada.

La última fue una jarra de porcelana desconchada en los bordes. Hay pájaros negros pintados en ella.

La abuela presentará su colección de trapos, resaltando las piezas que considera más importantes, a saber: una monda de naranja, la lata de aceite vacía que yo había visto, un trozo de manguera de goma y una bombilla quemada.

Todo esto lo presentará envuelto en trapos.

Los trapos de verdad también los envolverá en trapos.

No ganará el concurso. Mi madre tampoco.

Aunque sé que nunca ganaré, ni me importa, no podré presentar mis esferas de cristal transparente. Me faltan piezas. Es una lástima, aunque nunca ganase el premio, mis esferas podrían ser admiradas por muchos.

Two months have gone by and they still have not sought me for the war.

My weapons have become weak, I hardly feed them.

The poison has lost its power, I believe.

Perhaps I should trade them and recover my spheres, but sooner or later I shall have to go to war and they will be necessary to me.

It is curious that my departure is so delayed.

The war does not matter to me, what matters is having lost three of my best crystal spheres to acquire those now weak weapons.

Meanwhile, mama is enthusiastic about this year's Great Fair. Every day she recounts her collection and enlarges it with some new piece.

The latest was a flagstone pitcher worn at the edges. There are black birds painted on it.

Grandmother is going to present her rag collection, emphasizing the pieces she considers most important, namely: an orange peeling, the empty oil can which I saw, a piece of rubber hose and a burnt-out bulb.

All those she will exhibit wrapped in rags.

Real rags she will also wrap in rags.

It will not win the competition. Neither will my mother.

Although I know I will never win, I don't care, I shall not present my transparent crystal spheres. Pieces are missing. It's a pity because although I may never win the prize, my spheres could be admired by many.

Mañana, si quiero, tal vez me mueva un poco. Hoy me quedaré todo el día quieto debajo de este mueble, mirando a mamá y a la abuela yendo de un lado a otro detrás de las esferas.

Mamá está inquieta.

Está triste y alegre a la vez. No ha vuelto a hablar de la guerra ni de mi padre falso.

Llevo horas mirando a través de las esferas.

La más pequeña de ellas me permite curiosear en los anales y registros del hombre gordo.

Ésta otra me muestra todo cuanto ocurre en su casa.

Su casa bulle de actividad, como siempre.

Veo a los guantes azules enseñando buenos modales a los otros guantes. Pero no aprenden nada.

Veo a los guantes grises trabajar en las tareas de la casa.

A los verdes impartiendo sus sabios consejos.

Los guantes rojos aduladores satisfaciendo caprichos.

Veo a los guantes amarillos amatorios inoculando el semen dorado del hombre gordo guardado en ampollas de vidrio.

A los guantes negros guardianes los veo más fieros y violentos que nunca.

Veo al hombre gordo extasiado y codicioso ante su colección de lágrimas.

He visto demasiado. Basta por hoy.

Tomorrow, if I feel like it, perhaps I will move a little. Today I will stay still under the furniture all day, seeing mama and grandmother moving from one spot to another through the spheres.

Mama is upset.

She is sad and happy at the same time. I have not mentioned the war nor my false father again.

I spend hours looking into my spheres.

The smallest one allows me to peruse the fat man's annals and registers.

This other shows me everything that happens in his house.

His house teems with activity as always.

I see the blue gloves teaching good manners to the other gloves. But they do not learn a thing.

I see the gray gloves doing the housework.

The green ones imparting their wise advice.

The red fawning gloves satisfying whims.

I see the yellow amatory gloves inoculating the fat man's golden semen preserved in little flasks.

The black guardian gloves I see more fierce and violent than ever.

I see the fat man ecstatic and greedy before his collection of tears.

I have seen too much. Enough for today.

La abuela es muy cruel cuando se lo propone.

Pobre madre mía.

Llora un instante por lo bajo. Hago como que no me doy cuenta de nada.

Ella sabe que estoy debajo de algún mueble espiándola, pero se hace la que no sabe nada.

Deja de llorar, pero no de recordar.

Mamá acusó a la abuela de haberle hurtado algo, no sé qué. Habló de un papalote.

La abuela se defendió mintiendo como siempre, pero mamá continuó increpándola.

Ella, la abuela, buscando atacarla se lo dijo. Le dijo lo del guante negro.

Mamá enrojeció de furia.

La abuela nunca creyó en la inocencia de mamá.

La abuela siempre sostuvo que mamá se dejó seducir, cansada de soportar a papá. Mi padre falso, me refiero.

En los libros está la verdadera versión, pero la abuela no puede acceder a ella, mamá tampoco.

Mamá, furiosa, amenazó a la abuela con quemarle su colección de trapos.

Entonces ella, la abuela, extrajo de un bolsillo un papalote doblado y se lo entregó a mi madre, mientras le enseñaba la lengua.

Grandmother is very cruel when she wants to be.

My poor mother.

She cries softly for an instant. I pretend I am aware of nothing.

She knows I am under some piece of furniture spying on her, but she pretends to be the one who knows nothing.

She stops crying, but does not stop remembering.

Mama accused my grandmother of having stolen something from her, I do not know what. She spoke of a tiny paper.

Grandmother defended herself by lying as usual, but mama kept rebuking her.

She, grandmother, seeking to attack her, told it. She told her about the black glove.

Mama turned red with fury.

Grandmother never believed in mama's innocence.

Grandmother always maintained that mama let herself be seduced, tired of putting up with papa. My false father, I mean.

In the books is the true version, but grandmother has no access to them, Mama either.

Mama, furious, threatened to burn grandmother's rag collection.

Then she, grandmother, extracted from a small pocket a tiny folder and handed it to my mother as she stuck out her tongue.

Sé lo que en realidad ocurrió.

Leo en los anales del hombre gordo la memoria de mi madre, las palabras de mi padre falso:

"Cuídate de los guantes amarillos amatorios. A veces escapan de los confines del hombre gordo y seducen a los inocentes con juegos y caricias. Cuídate de andar cerca de los confines del hombre gordo, que los guantes guardianes, oscuros y brillantes como tordos, se ocultan en las madrigueras abandonadas y desde allí acechan. Pon atención a la aureola dorada que despiden cuando se hallan inquietos y deseosos de satisfacer sus bajos instintos traicioneros.

"Seducen, pero su seducción rasga y duele.

"Ellos arañan y destrozan las piernas, trepan hasta el sexo con la ayuda de sus afiladas uñas en garra. Allí, encaramados, hacen cosas indecibles, muy malas, que desgarran y duelen.

"En las entrañas dejan gotas doradas, como de ámbar. Y esas gotas tienen un poder malsano.

"Cuídate de sus saltos traicioneros, porque se prenden en la cara y se adueñan de los ojos para mirar a través de ellos. No olvides que los guantes no tienen ojos, ni oídos, ni boca, y sólo se guían por el tacto."

I know what really happened.

I read in the fat man's annals my mother's memory and my false father's words:

"Watch out for the yellow amatory gloves. At times they escape from the confines of the fat man and seduce innocents with their games and caresses. Watch out when you walk near the confines of the fat man because the guardian gloves, dark and shiny as thrushes, lurk in abandoned hiding places and waylay them. Pay attention to the golden aureole that they emit when they are restless and desirous of satisfying their treacherous low instincts.

"They seduce, but their seduction tears and hurts.

"They scratch and destroy their legs, climb to their sex with the help of their sharp claws. There, on top of them, they do unspeakable, very bad things that tear and pain.

"Inside them they leave golden drops like amber. And those drops have an unhealthy power.

"Watch out for their treacherous leaps because they grasp your face and take possession of your eyes to look through them. Do not forget that gloves have no eyes and guide themselves only by touch."

Leo en los anales secretos:

"Los guantes amarillos amatorios aparecieron cuando estuvieron seguros de que los negros, más fuertes, la tenían inmovilizada. Pero una vez que la cubrieron de caricias, se retiraron dejándola dispuesta para el guante negro guardián, el más fiero.

"Este guante, poderoso, de férrea voluntad y vivo celo por perpetuar la estirpe del hombre gordo, cubierto de rocío ambarino, disfrutó enormemente del dolor y la rabia de la mujer.

"Prueba de la violación son sus lágrimas de plata que, si bien los guantes advirtieron, no pudieron dar con ellas. La mujer con mucha habilidad logró esconderlas entre sus ropas".

I read in the secret annals:

"The yellow amatory gloves appeared when they were certain that the black stronger ones held her immobilized. But once they had covered her with caresses, they withdrew, leaving her to the black guardian, the most ferocious.

"This glove, powerful, of iron will and vibrant need to perpetuate the fat man's lineage, covered with amber sweat, enjoyed enormously the woman's pain and fury.

"Proof of violation are her silver tears which, although the gloves were aware of them, they could not find them. With great adroitness the woman succeeded in hiding them in her clothes."

Anoche tuve un sueño.

Es raro, casi nunca tengo sueños.

Soñé que iba a la guerra de las fosas.

Soñé que llegaba con mis jaulas cargadas de animales envenenados y me situaba en mi orilla asignada.

A mis pies había cadáveres descompuestos, otros más recientes yacían con un gesto de dolor en el rostro desencajado, hinchados por el veneno, tumefactos.

Me situaba en mi sitio, ante la fosa estrecha y profunda. Al otro lado veía al enemigo, también munido con sus animales.

Arrojaba mi primera iguana sobre una sombra que se movía al otro lado. sentía un grito desgarrador y la sombra se desplomaba.

A mi lado reventó un lagarto que me arrojaron desde el lado opuesto.

Saqué un gato de la jaula y lo arrojé contra otra sombra agresora. En ese momento apareció la luna y me mostró el rostro dolorido de mi enemigo. Era mi padre, el falso, el que vehículos los genes.

Mi padre corría desesperado, con el gato prendido a la cabeza, gritando de dolor.

Mi padre falso caía al suelo con el rostro bañado en sangre.

Moría como un héroe.

No tuve ganas de contarle mi sueño a mamá. Hubiera llorado.

31

Last night I had a dream.

It's odd, I almost never dream.

I dreamed I went to the war of the graves.

I dreamed that I arrived with my cages filled with poisoned animals and took my position on the assigned bank.

At my feet were decomposed cadavers. Others more recently dead, with faces distorted by pain, were lying there swollen with poison.

I took my place before the narrow, deep grave. On the other side I saw the enemy also gathered with their animals.

I threw my first iguana at a shadow which moved on the other side. I heard a heart-rending cry and the shadow collapsed.

Beside me a lizard thrown at me from the opposite side burst.

I took a cat from its cage and hurled it at another shadow. At that moment the moon appeared and revealed my enemy's pained face. It was my father, the false one, the vehicle of my genes.

My father ran desperately, the cat clinging to his head, screaming with pain.

My false father fell to the ground, his face bathed in blood.

He died like a hero.

I had no desire to tell mama my dream. She would have cried.

Llamaron a la puerta con gran estruendo, dando fuertes golpes en la madera con la aldaba.

Eran los guantes negros guardianes, relucientes, lustrosos, acerados, bravos, soberbios.

Madre temblaba como una hoja.

La abuela se escondió no sé dónde. Se esfumó en cuanto oyó los golpes de la aldaba.

Dijeron que venían a llevarme a la guerra de las fosas lineales como correspondía.

Mi madre, temblando, extrajo de un bolsillo el papalote doblado en cuatro, aquél que mi abuela le había robado. Lo desplegó y se los enseñó.

Ellos lo palparon con vivacidad.

Consultaron entre sí claramente contrariados.

Madre estaba tensa, a punto de quebrarse como un cristal. Por instinto, se protegía el bajo vientre con las manos.

Yo los observaba, ignorante de todo. Volví a mirar la escena desde el otro lado de la transparencia de una esfera y lo vi todo claro.

Los guantes le devolvieron el papel y se marcharon insatisfechos pero resignados.

They knocked thunderously at the door, giving sharp blows on the wood with the knocker.

They were the black guardian gloves, sleek, shining, strong, proud.

Mother was trembling like a leaf.

Grandmother hid I do not know where. She disappeared as soon as she heard the knocks on the door.

They said they came to take me to the war of the linear graves, as was right.

My mother, trembling, took out of her pocket the folded bit of paper which my grandmother had stolen from her. She unfolded it and showed it to them.

They fingered it lively.

They discussed it among themselves, clearly in disagreement.

Mother was tense, about to burst like crystal. Instinctively, she protected her lower belly with her hands.

I observed them, ignorant of everything. Again I watched the scene from the other side of the transparency of a sphere and saw everything clearly.

The gloves returned the paper and left, unsatisfied but resigned.

XXXIII

La anunciaron al hombre gordo.

Él le preguntó qué deseaba.

Ella extendió un puño, lo abrió y dejó ver en la palma un grupito de lágrimas de plata.

El hombre gordo se fascinó ante la visión, sus labios no pudieron disimular la codicia, y preguntó qué quería a cambio.

Mi madre bajó los ojos y pidió una promesa.

Lo vi todo en la esfera.

They announced the fat man.

He asked her what she wanted.

She extended her fist, opened it, and let him see a cluster of silver tears.

The fat man was fascinated by the sight, his lips could not disguise his greed and he asked what she wanted in exchange.

My mother lowered her eyes and asked for a promise.

I saw it all in the sphere.

Debo marcharme.

Ya superamos el número establecido.

Abandonaré los bajos del armario y me despediré de mi madre y de mi abuela.

A mi abuela le diré que mi madre es inocente, que lo leí en los libros del hombre gordo.

Tal vez me crea.

Cuando termine la Gran Feria aprovecharé la confusión general y me iré definitivamente.

Únicamente me llevaré algún recuerdo de ellas.

De mi madre una lágrima de plata que le sustraje hace años y que nunca echó en falta.

De mi abuela uno de sus tornillos.

De mi padre falso me llevaré la imagen que de él tuve en el sueño.

De mi verdadero padre llevo los genes que inoculó en las trompas de mi madre hasta que los espermatozoides de mi padre los arrastraron hasta los óvulos.

No me llevaré nada más. Es suficiente.

I must go away.

We have now surpassed the established number.

I will abandon my place under the wardrobe and say goodbye to my mother and grandmother.

I will tell my grandmother that my mother is innocent, that I read it in the fat man's books.

Perhaps she will believe me.

When the Grand Fair is over, I will take advantage of the general confusion and I shall go definitively.

I shall take only some remembrance of each one of them.

From my mother a silver tear which I stole years ago and she never missed.

From my grandmother one of her screws.

From my false father I shall take the image of him I saw in a dream.

From my real father I carry the genes which he injected into my mother's tubes until my father's spermatozoa carried them to the ovaries.

I shall carry nothing else. That is enough.

Llega el día de la Gran Feria.

La abuela exhibe sus colecciones, la de tornillos y la de trapos.

Se siente muy orgullosa de ambas.

Mis esferas transparentes están relegadas a un rincón del pabellón más pequeño de la Feria.

Mi colección incompleta.

En una colección de picaportes encontré una de mis esferas.

Otra la hallé formando parte de un grupo de pájaros disecados. Era la colección de mi madre.

La tercera, la más hermosa, destacaba en un conjunto de zapatos usados.

Entre las lágrimas de la colección del hombre gordo, reconozco las de mi madre por su brillo.

Ahora su colección está completa. Al menos así lo cree.

Esto lo hace inmensamente feliz y poderoso.

A la hora del fallo, como de costumbre, el premio es para el hombre gordo.

Ahora tiene mayores razones para sentirse halagado.

He visto a mi madre llorando ante las lágrimas que fueron suyas.

En mi bolsillo llevo la mía.

He perdido mis esferas, que era lo más querido. También tendré que trocar los animales que ahora son inútiles. Acaso le sirvan a alguien que esté a punto de ir a la guerra.

De todas maneras, las esferas son irrecuperables, las lágrimas de mamá también.

35

The day of the Grand Fair arrives.

My grandmother exhibits her collections, the screws and the rags.

She feels very proud of both.

My transparent spheres are relegated to the smallest corner of the pavilion.

My incomplete collection.

In a collection of latchkeys I found one of my spheres.

Another I discovered as part of a group of stuffed birds. It was my mother's collection.

The third, the most beautiful, stood out in a mass of old shoes.

Among the fat man's collection of tears, I recognize mother's tears by their glow.

Now his collection is complete. At least, he believes so.

This makes him immensely happy and powerful.

At the moment of judging, as usual, the prize goes to the fat man.

Now he has more reasons to feel gratified.

I saw my mother crying before the tears that once belonged to her.

In my pocket I carry mine.

I have lost my spheres, which were what I loved most. I shall also have to exchange the animals, which are now useless. Perhaps they will be useful to someone who is about to go to war.

In any case, the spheres are irrecoverable, and mama's tears as well.

Ya anuncié mi partida.

Me voy definitivamente.

Cada vez que hacemos el número mil quinientos cincuenta y siete, debemos marcharnos en busca de otro lugar oculto donde vivir.

Tendré que encontrar una nueva casa con muebles en los que esconderme.

Necesitaré una nueva historia de familia.

Nuevos recuerdos.

Empezar otra vez.

Estoy algo cansado, pero tengo mis esferas.

Aunque faltan algunas, acaso las mejores.

36

I have already announced my departure.

I am leaving definitively.

Each time we reach number 1557, we must leave in search of another hidden place to live.

I will have to find a new furnished house in which to hide.

I will need a new family history.

New memories.

To begin again.

I am rather tired, but I have my spheres.

Although some are missing, perhaps the best ones.

Laura Mullen, *Enduring Freedom*

Ryan Murphy, *Down with the Ship*

Aldo Palazzeschi, *The Arsonist*
    Translation from the Italian by Nicholas Benson

Dennis Phillips, *Navigation: Selected Poems, 1985–2010*

Antonio Porta, *Piercing the Page: Selected Poems 1958–1989*
    Edited, and with an Introducction by Gian Maria Annovi,
    with an essay by Umberto Eco

Eric Priestley, *For Keeps*

Sophie Rachmuhl, *A Higher Form of Politics: the Rise of a Poetry Scene,
Los Angeles, 1950-1990*
    Translated from the French by Mindy Menjou &
    George Drury Smith

Olivia Rosenthal, *We're Not Here to Disappear*
    Translated from the French by Béatrice Mousli

Ari Samsky, *The Capricious Critic*

Hélène Sanguinetti, *Hence This Cradle*

Giovanna Sandri, *only fragments found: selected poems, 1969–1998*
    Edited by Guy Bennett, with an Introduction by Giulia Niccolai
    Translated from the Italian by Guy Bennett, Faust Pauluzzi,
    and Giovanna Sandri

Janet Sarbanes, *Army of One*

Severo Sarduy, *Beach Birds*
    Translated from the Spanish by Suzanne Jill Levine and
    Carol Maier

Adriano Spatola, *The Porthole*
    Translated from the Italian by Brendan W. Hennessey and
    Guy Bennett, with an Afterword by Guy Bennett

Adriano Spatola, *Toward Total Poetry*
    Translated from the Italian by Brendan W. Hennessey and
    Guy Bennett, with an Introduction by Guy Bennett

Carol Treadwell, *Spots and Trouble Spots*

Paul Vangelisti, *Wholly Falsetto with People Dancing*

Allyssa Wolf, *Vaudeville*

Available from Small Press Distribution
www.spdbooks.org